其尚爲景物吐氣乎

# 邊華泉詩集

邊華泉詩集

# 華泉先生集舊序

余讀華泉先生集蓋有世道之感焉昔者孔子曰先進於禮樂野人也後進於禮樂君子也如用之則吾從先進文勝之敝人至以先進爲野人此其已溺而不可返孔子豈不知之而猶力爲之辨曰吾從先進云云聖人固以爲文質彬彬吾志誠在斯焉已且安知斯人之果不吾從也我明當孝廟之世皇運熙宏人文朴茂學古之士並軫而翔關西則李獻吉汝南則何仲默吳中則徐昌穀歷下則邊庭實庭實先生字也獻吉之詞雄仲默之詞



逸昌穀之詞蒼先生之詞温然粹然即人自爲家究之緣情示志體物敘倫動軌自然不殊也雖其人已往間嘗諷其詞猶足以想見其人與夫當時政治風俗之盛今之學士大夫文非左國遷固雄向則亡稱詩非丕植明遠靈運甫白則亡稱然其氣飄忽迅激驟而睹之色驚稍扣之汩汩乎無餘味焉何者數先生一於鑱古人之精而世學士大夫猶未免掇古人之華也鑱精者盛世之文掇華者季世之文今之文吾何敢以季世待之然其覩盛世何如哉故曰余讀華泉先生集而有世道之

感焉先生集舊有本歲久而蝕又遺所爲文不載余理濟之明年從先生仲子搜得數十篇因叙入集中爲重鋟之匪徒不朽於先生之詞且俾論世者有所考見庶幾慨然而興先進之思云大名魏允孚序

究宇序
昔有所考見庶幾慨然而興先進之思云大名魏
集中為重欽之匪徒不朽於先生之詞且俾論世
余理爾文明年從先生仲子搜得數十篇因敘人
遂諸先生集舊有本流久而僅又遺所為文不載

華泉先生詩選序

明詩莫盛於弘正弘正之詩莫盛於四傑四傑者北地空同李氏汝南大復何氏吳郡昌國徐氏其一則吾郡華泉邊公云當是時作者競起宮商相應四傑之外又稱七子而顧華玉朱升之王稚欽[illegible]之徒咸負盛名弗得與於四傑七子之列故千秋論定以李何爲首庸邊徐二家次之浚川對山渼陂泊東橋凌谿巳還則皆羽翼也昔鍾記室品詩謂陳思爲建安之傑公幹仲宣爲輔平原爲太康之英安仁景陽爲輔謝客爲元嘉之雄延年爲輔而高棅論唐詩亦有大家羽翼之目由是言之四傑之在弘正其建安之陳思元嘉之康樂與迨今歷年二百李何二集學士家有其書邊集爲郡人劉吏部希尹所編一刻於胡中丞可泉再刻於魏司理永孚桑海之後皆淪烟莽不佞自束髮受書頗留意鄉國文獻以爲吾濟南詩派大昌於華泉滄溟二氏而篳路籃縷之功又以邊氏爲首庸暇日因參伍二刻薙其繁蕪掇其精要與徐氏迪功集併刻於京邸俾鄉之言文獻者足徵焉公仲子習字仲學食貧授徒以詩世其家所傳野

風欲落帽林雨忽沾衣薄暑不成雨夕陽開晚晴
其佳句也有遺稿一卷將錄其可存者附斯集後
以備一家之言
資政大夫
經筵講官刑部尚書前都察院掌院事左都御史
同郡後學王士禛撰

風欲落楓林而感沾不逮暑不改而又陽閒鴻聲
其佳句尚有遺稿一卷將錄其可存者附斯集後
以補一家之言

資政大夫
經筵講官刑部尚書前都察院掌院事左都御史
同郡後學王士禎撰

附錄

邊庭實如洛陽名園處處綺卉不必盡稱姚魏又如五陵裘馬千金少年

高季迪之流暢邊廷實之開麗鄭繼之之雄健王子衡之宏大顧華玉之和適李賓之之通爽馬仲房之華整皆其次也

吾最愛邊庭實自聞秋雨聲不種芭蕉樹又題文山祠花外子規燕市月柳邊精衛浙江潮甚精麗邊庭實以按察移疾歸每醉則使兩伎肩臂扶路唱樂觀者如堵了不爲怪已上王世貞藝苑巵言



袁氏獻實曰李何徐邊世稱四傑李雄健何秀逸徐精融邊朴質故並負盛名輝映當代四公殆藝苑之菁英也邊集中如綠水閶門道青山建業城地入河源渺天連塞日曛魯連箭滅遺書在微子城荒故堞留千盤鳥道緣雲上五色龍江抱日流應是豪華語顧起綸國雅品

華泉之作雖不遠李何然平澹和粹孝廟以前海岳之才無其倫比魯中立海岳靈秀集

本朝如楊東里李西涯二公皆以文章經國然只是相沿元人之習至弘治間李獻吉出遂極力振

起之何仲默邊廷實徐昌穀諸人相與附和而古風幾遍域中矣○世人獨推何李爲當代第一余以爲空同關中人氣稍過勁未免失之怒張大復之俊節亮語出於天性亦自難到但工於言句而乏意外之趣獨邊華泉興象飄逸而語尤清圓故當共推此人○文章在弘正間可謂極盛李空同何大復邊華泉徐昌穀康對山倡復古道而南京王南原顧東橋廣陵朱凌谿則其流亞也然諸人猶以吳音少之何良俊叢說

獻吉送昌穀詩是時少年誰最文太常邊丞何舍人仲默贈君采亦有十年流落失邊李之句則李何於邊正自不淺胡應麟詩藪



弘正之時北地反正何徐掎角庭實上輔繼之下毗近自開元遠遡黃初極意刻除復歸正始詩話類編

北地矯之信陽嗣起昌穀上翼庭實下毗敦古昉自建安掞華止于二謝長篇取裁李杜近體定軌開元一掃叔季之風遂窺正始之輿天地再闢日月清朗詎不孅哉同上

金王庭筠黃華山絕句云掛鏡臺西掛玉龍半山飛雪舞天風寒雲直上三千尺人道高歡避暑宮

邊華泉謂詩及行草俱入化矣謝榛詩說

庭實弱冠舉進士雅負才名美風姿諳吏事妍交遊天下豪俊久官留都優閑無事遊覽六代江山揮毫浮白夜以繼日汪鋐爲掌憲忌其名論去之癖於求書搜訪金石古文甚富一夕燬於火仰天大哭曰嗟乎甚于喪我也病遂篤卒年五十七與北地李夢陽信陽何景明武功康海鄠杜王九思儀封王廷相吴郡徐禎卿稱弘治七子錢謙益列朝詩小傳

華泉詩時見精詣五言尤稱長城○尚書才情甚富能於沉穩處見其流麗聲價在昌穀之下君采之上○庭實五言華貴時出俊語令人百思李何勁對也陳子龍明詩選

# 華泉先生集選卷一

户部尚書濟南邊　貢著
刑部尚書後學王士禛選

## 五言古體

次何遜落日泛江贈魚司馬之作送劉美之

相投已盍簪相贈還留帶昨暮長安西今朝苑城外誰言車馬地復得須臾會會君心暫悦去君心轉切秋岐蔓寒草隱隱烟不絶歸鴈影聯翩墜葉聲騷屑端居尚興感况乃萬里别桂舸泝江湘何時到鑾汭鑾水夜悠悠月明登郡樓幽蘭翠縈渚




紫蘅香滿洲應歌楚人調坐惜勛名浮

賦得將有事於西疇送王中丞致仕

發春驚蟄始土脉動源泉時雨宵既零浮陽藹平阡夙興飾耒耜驅牛登廣原竭茲畎畝力感彼農父言稽事依東作天時易流愆南鄰有逸夫日晏高枕眠四體苟不勤何以窮歲年

送王盛

朝辭雙闕下暮抵三河宿古戍早鴻稀荒城寒草緑上官山吏拜行縣村童逐冉冉松間亭何人伴幽獨

秋郊别意爲汝南孟翁作二首

驅車循廣術，言返故鄉縣。晨光一何綺，熹微散秋甸。宛宛墟曲中，盈盈露華泫。因之感遊寓，物候倏已變。豈薄骨肉情，遥重桑梓戀。

桑梓在何許，藹藹汝南村。綠叢帶長薄，清川映柴門。言别上春時，當秋始來還。禾黍一已穫，膴膴見高原。落日樵牧歸，凉風散雞豚。登堂見鄰叟，呼兒具盤飧。依依丘中情，款款醉後言。即爾足爲樂，安用乘華軒。



奉送大司馬華容劉公致仕二首

藹藹東山雲，覆彼山下堂。乘時播皇澤，從龍彌八荒。八荒遼且邈，下上以翺翔。龍逝鼎湖陰，雲歸故山陽。何以慰蒸庶，私衷鬱彷徨。

華堂何所有，有蘭復有芝。采采山之側，飛仙相與期。寄傲雲霞閒，可望不可追。抗手謝城市，去去從此辭。徒遺高世風，永繫來哲思。

分韻再送文熙

夜久河漢横，春堂别燈黯。風凄鳥初動，露重花猶歛。明發不在兹，重關爲誰掩。

吴將軍巡關圖

胡馬歲南牧漢軍勞北防軍情巽主將冷暖須共嘗朝出潮河川暮過古北口邊烽傳羽箭朔氣嚴刁斗月下黑山晴分明見列營霜欺征袖薄石報獵蹄鳴三軍晏然睡我亦倚吾枕天子不可驚長

懷亞夫寢

## 題畫

空江夕煙斂。日色沙上明。輕漣漾蘭楫。嫋嫋秋風生。白雲滿曾阿。林光帶高城。姬文去已遠。詎辨垂綸情。

## 荅顧華玉見懷之作



離腸如車輪萬轉不計程只尺阻言讌何殊在山城閑曹事稽纂文墨紛相縈不見馬上人空聞馬蹄聲攬衣步幽闥脉脉牽遥情屋上春鳩啼樹杪浮雲行坐惜韶景暮江臯芳杜生

## 戲簡王臨安同年

候子虎溪渡送子龍陂橋出城不相見征蓋倏已遥百金買江魚千金買春酒期子會宜城飄忽過潼口追子漢江曲望子峴山頭子有室家好豈知途路愁暮投城外寺急雨響高屋安得與子同長歌對明燭子程匆匆發吾駕亦早留風塵莽南北

一別動經秋

入錐石口

西登錐石口鳥道不盈尺連山樹如繡雲中日將夕不聞樵采音但見虎行跡

## 七言古體

送秦用中文學

玉真臺下三間屋屋後有松前有竹廣文先生雙鬢禿長對青藜夜深讀有時不巾亦不服獨跨瘦驢携短僕五老峰前看秋瀑有時芒鞋步江澳月落詩成江鬼哭石底流泉手親掬歸來煑茗窓下宿清夢蘧蘧謝粱肉鳥聲墮枕猿掛木紅日三竿睡初熟食罷曉盤歌苜蓿爲剪溪雲封尺牘長安故人勞遠目



賦得孺子宅送程南昌

豫章城南高士眠豫章太守榻常懸漢廷使者召不起土室蓬門江水邊江水悠悠朝市改故國荒凉宅安在墟里遥看變夕烟墓田誰爲羞春蘋使君五馬雙車輪露冕乘春意氣新下車先問南州客恐有當時下榻人

贈尚子

意氣憑淩一當百關西儒生五陵客少年學書復學劍老大蹉跎雙鬢白門下諸生半賜麻閨中小婦猶炊麥布衣東來謁天子春日醉臥長安陌陌頭花絮夕紛紛瑣闥如天隔紫雲浩歌翩然卻歸去眼底誰是平原君

李將軍

李將軍七尺身丈八矛生來骨相當封侯錦袍白馬如流電一歲長安一相見不埽胡塵向朔庭空隨漢月歸鄉縣李將軍雄且英山東塞北咸知名嗣忠堂前世澤遠且讀父書調母羹君不見長楊羽騎如雲集天子勤邊方好兵



周司徒行

周司徒眞丈夫直氣稜稜霄漢俱致君不作堯舜主拂衣歸臥山中廬山中臥今幾載鶴貌童童履聲在十書五疏招不回九重虛席空相待北來頡利西羌胡爭問司徒今有無乃知繫國輕重者不獨廟堂公與孤周司徒眞丈夫

賦得萬里橋送客

萬里橋邊樹如薺蜀使入吳眞萬里臨岐記取丞相語萬里之行此其始英雄一往人代易錦水湯

湯鎮如昔遺陣空思雲鳥形修梁已荒車馬跡旬宣使者家在吳入蜀今爲蜀大夫登橋攬轡一回首慷慨能輕萬里途

題金谷園圖賦得綠珠怨

誰言妾命薄結髮承主恩誰謂妾身輕寵冠金谷園園中桃李千萬樹對妾妍華避無處徘徊歌舞曲未終門外戰鼓聲逢逢當時只倚紅顏貴豈料紅顏爲主累主家高樓天與齊妾身不惜委黃泥他生願作銜泥燕長傍樓中梁棟棲

君馬黃贈祝仁甫赴長蘆



君馬黃我馬蒼兩馬相逐君馬良君馬來自函關道我馬空山食秋草憶昔兩馬初學行長安見者神色驚魯堈驪黃未足論衛丘騋牝虛馳名豈料長成人少顧十年不踏天閑路逸群翻惹太僕嫌騰櫪正中奚官怒以茲流落在風塵南走荊梁西入秦自傷萬里汗流血誰道五花雲滿身棄置不須憐我馬君馬亦在鹽車下疾足由來控者難驕嘶自合知音寡吁嗟君馬天下無且向沙場閑秣芻此來司牧今伯樂肯使君王空按圖

賦得江上草贈燕泉何子南歸

江上草何青青使君歸來朝戴星問君君不言挽君君不停十丈風帆疾如矢蒼梧雲深竹花紫雲中之君呼不來空餘淚滿瀟湘水

送錢伯川歸錫山

曉上黄金臺夕登潭柘山白雲何油油下覆鴈門關愛君此行爲君羨白頭阿母今相見我身欲飛無兩翼杳杳風塵隔畿甸君家堂前二古松枝柯偃蹇如虬龍南窓恰對梅花塢西牖全當天井峯伯川之水舊姓吴川上山形列畫圖昔稱讓國今稱孝乃有地曹錢大夫大夫今爲返哺烏登堂壽親親不孤棄官就養人所無誰言大夫已矣乎古來廊廟須江湖

送馬歆湖赴湖南提學

征馬帶落日出門君已遥層城不隔夢夜渡蘆溝橋蘆溝橋邊車簇簇故人却在城南宿誰令相見轉多情翻恨遲行不如速江漢風烟遲早春關山雨雪暗邊塵臨岐莫動殊方感予亦東西南北人

送楊邃菴督馬關西

狼星掃天西虜來飛勒叩關關夜開當關空列貔虎士伏櫪不見麒麟材朝戰關頭暮關下瘡痍大

半徒行者箭書入報宵旰憂拊髀翻思大宛馬中
丞主馬朝命新威霆動地驚故人長城迢迢亘西
北萬里可當公一身秦苑草青水清泚魯坰衛丘
那足比我公息馬兼息民民保田廬馬生子天燠
在野寒在槽馬子日肥民不勞三軍校閱錦雲亂
萬蹄蹴踏沙場高將軍騎出天驕遁玉門烽靜公
歸覲我願公歸登上台他日用賢如用駿

題採蓮圖次沈石田韻

秋塘露下菰蒲冷野鷺沙鳧夜相並東山月出一
丈高岸柳垂垂見疎影雞鳴浦口漁伴稀自採紅



蓮溪上歸

補遺

遊石門洞

蒼然郭東山百丈縈青碧石門忽中斷窈窕開仙
宅遥窺日月深却轉烟霧隔中天屹樓居星斗掛
几席芳巖眩綺繡叢巘圍蒼壁山鬼不避人驚猿
嘯窺客披榛上孤亭竒觀壯心魄穹崖倚天懸瀑
水半空射高流横雜珮直下垂疋帛重來意彌眷
獨往任所適信美愜心期胡為老行役終然脫塵
網高舉凌風翮

贈張氏汝吉汝誠兄弟

魯川何迢迢太行亦蒼蒼行人躍馬出門去何異飛鶴東西翔愛君此行飲君酒君家弟兄古無有夕郎清迥鵰鶚姿秋曹盤礴雷霆手朝論同歸攬轡年家聲况是埋輪後青春衣繡下中臺山東山西花欲開休嗟羽翼經年別早喜陽和及草萊

華泉先生集選卷一

# 華泉先生集選卷二

戶部尚書濟南邊　貢著
刑部尚書後學王士禛選

## 五言近體

### 次韻春雪

恠爾陽春日淒淒晝雪寒情知飛絮假還當落梅看向日偏縈戶隨風故繞闌同雲幕千里吟坐憶長安

### 分賦春雨得時字

爲賦西堂雨黃昏坐不辭礎痕移榻處池漲捲簾時瑞紀農官頌題分水部詩客車何日返眞長故山芝

### 九日

白日寒城暮清秋畫角哀地偏妨採菊鄉遠怕登臺鴻鴈天邊去風雲塞上來故交零落盡巵酒向誰開

### 九日登吹臺次毛侍御韻

對酒重陽雨登樓萬里心異花開晚節羣木秀寒林鼓角連天暮風雲接塞陰王師捷何日傾耳北來音

清源中秋雨霽

隔歲鄉關月中秋想一看真愁白髮顯翻隱碧雲端桂影流烟濕金波映浦寒雞鳴與不淺吟酌細凭闌

人日飲敖水部即事

結榜依江岸傳觴感歲華偶同人日酒翻滯使星槎水凍仍餘雪林寒且未花醉歸燒短燭高枕聽昏鴉

寶應元夕飲朱升之舍

望望安平驛春行路不遥故人還此地芳序且元



宵水近潮通閣燈寒月過橋計程拚取醉佳賞更須招

供事長陵

俎豆薦春芳東陵晝漏長偃松盤古樹靈草秀虛梁日月皇輿遠江河聖曆昌因山昭儉德千載頌文皇

望陵二首

徙倚東峯下西陵望鬱然玄宮深閟日玉座迥浮烟風雨清明候乾坤正德年攀龍無處所空有淚潺湲

憶在先朝日曾沾侍從恩鸞輿歸寂寞鳳質儼生存夕日昏阡樹春風長澗蘩祠官如可乞長奉泰陵園

過壽陵故址景帝蹕馭時自建尋毀之

玉體今何所遺墟夕靄凝寶衣銷野燐碧瓦蔓溝藤成戾崩年謚恭仁葬後稱千秋同一毀不獨漢唐陵

西陵訪王給事不遇時督工泰陵

狂夫多野性春到每思家却訪山中客還逢水際花薄雲陰古殿鳴鳥聚連沙迤邐回谿晚西陵月正斜



泰陵供事述感三首

陵墓三年道重來七月期山川不改色霜露只增悲世想欽明德人傳顧命辭九齡如帝與端可致雍熙

恭已班虞舜求賢越武丁心猶在邊徼夢已隔泉扃永作千秋別虛傳七日醒夕廬齋沐所彷彿見遺形

皇寢居庸近山深地轉饒雄關三鎮鎖幽府百靈朝堡堠烽全息屯兵甲半銷帝心遙可識終古絶

天驕

郊壇夜步

曉步臨高榭春空月正明星辰臨漢時樓觀俯神京靜夜松飈響豐年穀日晴同心隔城市相望轉盈盈

候駕次前韻

邐闓簫吹聲仙仗下通明地轉蒼龍道天臨白玉京瑞光同遠近雲物半陰晴隱隱行宮啓重關虎豹盈

承聞詔迎聖母太妃還宮二首

兆啓封邦日圖開繼統春漢南王化遠天下母儀新侍寢隨宮眷留行聚國人嗣皇敦孝理瞻望黼衣頻

濟水朝京甸燕關鎮海流九重迎聖母千里會諸侯日月開黃道河山列素秋禮文同扈蹕元不爲宸遊

土城

臥病長夏晩出門秋草生聊因上陵日一寄看山情野水侵平道寒雲覆古城聖君方用武羣盜敢縱橫

五月七日陪李劉二侍御遊宴君亭

不到北湖久重來蓮葉青水香還落照山色自孤
亭竹隱尚書榻窓懸柱史轝歸舟忽已晚波上月
冥冥

沙河

放馬野田草路迴登古原雞鳴桑下屋牛臥雨中
村薄日浮山影長橋下水痕煌煌中使出東帛向
陵園

村舍

村舍孤烟起山中朝雨寒丁夫荷鋤去稚子出門
看早稼登場圃秋瓜蔓井闌居然羨閑逸趨府欲
辭官



御帳坪

白日天門近青山御帳空亭虛從眺覽樹古自登
封過鳥層雲上鳴泉萬壑中翠華春不返惆悵昔
人蹤

重陽後三日登雨花臺

一片金陵月荒臺對酒看水雲霏冉冉江日隱團
團雁早那堪聽花遲未可飡凭軒望鄉國西北近
長安

登龍洞山

海嶠烟霞滿（二本俱闕三字）積陰綠苔穿嶺滑黃葉綴巖深宛宛鹿麋徑泠泠泉硐音高人或住此精舍杳難尋

贈周文都

君乘別駕車南征千里餘予爲燕市客歲杪意何如日隱川原暮江涵雲水虛新春見迴鴈知有秣陵書

贈何子元二首

飲馬長城窟秋風隴水鳴旌旗連朔氣笳吹咽邊聲鹿塞胡霜白龍沙漢月明共嗟班定遠身是一書生



萬里窮邊使三秋出井陘金鞍裝寶絡斑管代青萍吏識終軍貌人瞻博望星歸來市駿馬持節報明廷

衎子

衎子到京舍故人消息傳釣魚吹臺下築室黃河邊插架餘千帙牘囊有一錢古來賢達者往往在林泉

山中懷白巖

昔奉山陵使曾同虞殯吟鰲翻滄海變龍去鼎湖
深紫極瞻雲地清宵望月心蒼蒼松柏裏懷往益
沾襟

懷昌穀大理二首

孺子南州彦詞華早擅場共憐廷尉府秖益簿書
忙寶鏇愁鷃鵡鹽車困驌驦何時一艇去與爾泛
滄浪

齋房隱薜蘿野外少人過向月復誰語看山空自
歌城孤戍火亂地迥北風多惆悵離居夕相思奈
爾何



尹亭夜集

憶共尚書飲蘭舟漾渚風芙蓉開月下簫管入雲
中鶴唳煙沙遠螢流水閣通重來値摇落無復往
時同

春日卧病寄劉希尹王孟宣

我濟富山水人稱名士鄉兩生俱俊傑吾道豈荒
涼紫禁煙花地青雲翰墨場應須得高步書札報
滄浪

東何内史粹夫

憶爾曾金馬子官亦瑣闈驚飈一以振落羽遂分

飛東郡身仍屈西河信每稀傳經與抗疏心事兩
相違

次王欽佩韻贈方山子鄭作

好酒耻儒素談兵輕虜塵深憐宋中客宛似晉時
人到處不諧俗一生長任眞因君感交態多少白
頭新

寄陳石峰中丞

一別梁園兩五看秋草疎君爲烏府客我向白門
居髮短風塵裏心長老病餘江流日東下何處覓
雙魚



出郭將訪希準郡伯懼暮而返却寄

駕言江口出却至水西還遠道空回首重門欲上
關斷雲低白鴈斜日近青山欲採瑶華贈仙舟不
可攀

和答胡可泉郡伯

籍籍胡安慶新聲滿舊都詎知金馬客翻領玉麟
符退食還經史登樓即畫圖昔賢憂樂地元只在
江湖

寫懷

欲逃中夏暑暫止上江船夜卧對松月曉行披水

烟佳期渺天末良覿阻尊前相問各華髮遥悲青鏡年

贈王總戎西征

開府馳聲舊轅門授鉞頻日華承蓋轉江色映袍新去作鄖山雨來經蜀道春軍中人盡説籌策妙如神

寄胡文甫

不見胡文甫七回明月圓家林且如此宦海益堪憐碧柳秦臺馬紅蕖濟水船往來餘百里同醉是何年



過汴呈獻吉

兩年京郭居空望故人書五月梁園道來乘長史車川流赴海急隰日漾沙虚欲訪漁樵徑蓬蒿不可除

夜泊漢陽却望武昌有懷矩菴

對岸武昌郭清宵回望頻離心繫舟遠旅夢涉江新積水明疑畫浮烟藹似春樓空黄鶴杳延佇獨勞神

送都玄敬二首

才高憐晚達十載尚爲郎書買黄金盡愁生白髮

長夏曾分武庫秋嚴別文昌木脱霜皐泠何人共采芳

驅馬別君處秋陰當暮生林柯無靜葉江鴈有歸聲綠水閶門道青山建業城未能同理楫延佇獨含情

簡別華文光同年

朔野北風起沙蓬飛不休端居念行客明發動歸舟古堞鳴禽暮虛堂落木秋重來不相見離夢轉悠悠

送董太守之楚雄

詩人重出守萬里一朱轓苦節留三郡英聲振五言山深夜郎道花亂武陵源月下勞相憶清秋幾處猿



贈別

獨持文字印邊泛木蘭舟古驛尋京口寒城過石頭誦聲分館夜吟思捲簾秋欲問前朝迹青山是蔣州

送孫志同經略居庸

寶劍青驄馬秋高出塞行田公新受律武子舊傳兵鼓角邊雲慘旌旗海日明穹廬莫南徙中國有

長城。

送于時宜

行子對新月臨堂酣且歌客衣寒未滅鄉夢日應多曾甸封春草淮川渺夕波芳音托回鴈迢遞奈情何

別伯玉

君行不相見臥病對春風世事浮沉外交親感慨中古臺燕郭暮流水晉祠空他日歌招隱青山有桂叢

贈別甯子

風裁眞桓典勲勞更伏波明珠騰謗巧驄馬避人多白日就長道清秋凌大河非關燕趙別相送一悲歌



送陶艮伯使魯府

天馬玉花驄騎來天廐中言經汶陽道郤過魯王宮岱嶽浮雲外蓬萊碧海東飄飄鸞鶴侶仙駕與誰同

送張廣漢中丞觀軍留都二首

聞説狼山下江波帶血流中原初息戰諸將各封侯草綠西興渡雲生北固樓經過平陳迹春日暫

停舟

二月金陵道中丞擁節還日光揺組甲春色映江關國壯軍容整時平武略閑坐看龍虎氣長繞鳳凰山

留別張西盤大参

滿酌豊辭醉未行先憶君山城稀見菊關樹不開雲地入河源渺天連塞日曛那堪北來鴈偏向別時聞

趙御史座留別

聽雨罷彈棋蒼茫生遠思遥應白門柳飄蕩綠煙絲旅跡江花笑歸心海燕知倚酣方戀別休誦渭城詩



張秋官元德席上留別

春日江陵去烟花萬里途山川留故郢舟楫帶三吳樹影湘流轉猿聲峽月孤郡樓登望夕天北是皇都

幽寂

幽寂臥蓬戶淒涼懷舊吟鶯啼非故國草色亂春心落日黃雲暮陰風碧海深嗷嗷北來鴈二月有歸音

忽報

忽報楊開府新傳羽檄過未須憂赤縣且復守黃河去馬定看疾來舟遂不多飄蓬愧生理終日傍干戈

鄂渚

鄂渚維舟楫登高覽洞庭地連秋水白天入暮山青望闕瞻星斗懷人感鶺鴒漁簫向夕起嗚咽不堪聽

逐客

逐客去已遠相思空爾哀不聞宣室召徒抱賈生才野竹侵書幔山鶯進酒盃梁園親識滿今雨幾人來



野風

野風吹菼葦寂寂楚江秋水氣寒侵幌濤聲夜撼舟古今雙社鳥天地一沙鷗欲作懷湘賦官程不可留

送金中丞赴延綏

上郡防胡切中丞入陝遥隼旂明曉甸鐃吹轉春橋二月花新綴三川雪正消北門來寇準西極使班超國仗和戎利人傳破膽謡按圖收地險堅壁

阻天驕禮樂欽儒將經綸翊聖朝長城一身是詎
數霍嫖姚

華泉先生集選卷二

# 華泉先生集選卷三

户部尚書濟南邊　貢著
刑部尚書後學王士禛選

## 七言近體

### 人日懷白巖侍郎

去年人日題詩處鄭氏茅堂春可憐出谷早鶯啼恰恰映風寒竹倚娟娟隨鑾並入青雲上解珮同歸素月前此日寂寥驚旅食坐看庭雪撫流年

### 至日恭聞車駕入都志喜

至日連年帝遠征今年至日喜還京登歌想像聆周雅振旅傳呼列漢旌皇祚永占千歲曆聖聰明照萬方情靈臺舊職今誰掌不用書雲紀太平



### 寒食郊行

來家疃前春可憐空山遲日起晴煙柳枝嫋嫋翠猶弱花蕋菲菲紅且妍荒隴歲時還俎豆短牆兒女正鞦韆當年竹馬歡遊地華髮經過思惘然

### 元旦次趙類菴宗伯韻

歲首江南久客身宦情寥落道情深極知佳麗非吾土且喜逢迎有故人城上雪痕經臘在水邊梅蘂覷年新呼童早蠟登山屐莫負陶家漉酒巾

萬壽節

綵仗凌風啓曙煙翠華含日俯晴川遥憐外閫稱觴地恰是西江獻捷年輦錫共懽恩似海凱歌齊祝壽同天微臣亦有迎鑾曲願奏君王玉几前

春日懷空同李子

南中數枉故人書北上蹉跎信轉疎四海酒盃形影外十年詩草夢魂餘藏身笑我同方朔作賦憐君過子虛春入吹臺芳草徧塔雲樓月近何如

寇中丞北撫宣府奉同南渠韻

守邊猶得近邦畿亞相權兼大將威烏府夜開關月皎戟門秋靜虜塵稀探兵入塞無傳箭勅使臨戎有賜衣聞道六龍巡幸地至今常見五雲飛



贈毛東塘侍御

豪雄氣蓋三千界按部春回幾萬家風采獨教天下想文章偏得士林誇耶溪飲興芙蓉棹閬嶠詩情荔子花應憶舊遊驚物換梁園新柳欲藏鴉

坐上贈白巖少卿

淮陰廟前沙路微井陘口下行人歸丘園別後新松老關塞經過舊壘稀駸駸羽騎聯春甸隱隱山城啓夕扉却顧太行應歎息十年空望白雲飛

[illegible]文[illegible]盧大行[illegible]遊○人十年空望白雲飛○
衫○[illegible]萬○[illegible]騎[illegible]春○向陽隱山
泉集前[illegible]文[illegible]井[illegible]口十行入歸○王國別後新
[illegible]
詩[illegible]○[illegible]應[illegible]書[illegible]○[illegible]新[illegible]欲藏○詩
下覽○文[illegible]○偏[illegible]上林詩○[illegible]飲[illegible]美[illegible]樽[illegible]聞[illegible]音
豪雄氣蓋三千界○校[illegible]春回幾[illegible]○風來獨教天

贈王東湖侍御

夜有賜示聞道六龍巡幸北至今常見五雲飛
月皎[illegible]門秋靜[illegible]人樂無[illegible]東[illegible]



千邊[illegible]得近所[illegible]相[illegible]兼大[illegible]夜[illegible]關

[illegible]中丞北無宜[illegible]奉同南渠韻

[illegible]過于[illegible]○春人吹臺芳草[illegible]○塔雲[illegible]月近何如○[illegible]
[illegible]別○十年詩草憂[illegible]○[illegible]身[illegible]秋同方[illegible]○今[illegible]
[illegible]中數[illegible]故人書○北上[illegible]○四海通[illegible]形

春日[illegible]空同李子

[illegible]同天微臣亦有迎鑾由[illegible]王王几前
聽地[illegible]是西江[illegible]年[illegible]共[illegible]退[illegible]海[illegible]歌齊
[illegible]

九月十四日夜訪馬尚賓不值

門巷陰陰暮雀飛北城燈火望熹微可憐明月映疎柳更喜秋風吹客衣寒露始零鴻漸少重陽卻過菊猶稀子長素有登臨興何處淹留樂未歸

次韻獻吉留别

初春郊甸積雪滿客子出門岐路長征車杳杳去不息關柳青青愁未央却望秦山懷故道郢歸梁苑亦他鄉十年京洛交遊地日夕風烟思渺茫

寄劉銅仁

地濶天長柰爾何春風門巷少經過遥憐白髮星星短無那風塵日日多懷舊獨吟平子賦感時偏憶少陵歌江村細雨蘼蕪長是處扁舟有釣蓑



除夕臥病柬空同子

天涯臥病驚除夕河上逢人感昔遊歲月浮生雙鳥翼風塵遠道一狐裘君還豈為鱸魚膾我出真同雪夜舟梅蕋柳條俱動色幾時携杖共登樓

寄南宗伯白巖先生

神仙官府説南畿聞道春曹事更稀庭轉晝陰稀樹影印封秋雨上苔衣臺城柳暗宫前路别墅棊殘石上圍台斗位懸朋輩少與誰同賞復同歸

寄吕思泉太僕

永陽司馬碧山居幾度詩來重起予節杖日隨東郭履綵毫時寫右軍書梅花癖在官先棄鸚鵡才高世共疎吳客遠歸憑問訊九還消息近何如

贈伍松月

憶昔荆南遠卜居相逢曾及鴈來初山堂習隱秋看桂郡閣留懽夜剪蔬天末往來千里道篋中悲喜十年書懷君只似江城月長願清光照碧虛

寄嘉定章太守

六千里外關山道十二年中風雨愁書信不隨湖鴈過夢魂空遶蜀江流纖纖凍柳含煙裊冉冉春雲向日浮多病有懷貪遠望强扶藜杖一登樓

樾岡中丞登舟後有作相示次荅

中丞入奏揚帆日乳燕鳴鳩月正三楓陛曉星看斗北杏花春雨别江南詩多到處堪題石駕迥何人許並驂苦别登臺遠相望暮雲斜照酒初酣

次韻殷石溪遷居

溪翁小隱城隅地窈窕松窻對竹林習靜不知紅日晚避名眞似碧山深臨池野鶴陪孤立破雪江花笑苦吟從此鳳凰臺畔路杖藜應許數相尋

聞台峯舟過清源不遂瞻奉短詩寄懷

隔歲關河音信遲美人千里惜分岐伯華實愧祁奚舉仲父虛承鮑叔知春到水亭花發處月明山館鴈來時孤帆迤邐青驄遠西望長吟有所思

新莊道中即事次章郡守韻

步尋芳草愜尋幽踏遍山城與寺樓情入暮春多感慨地過名士亦風流川長漸覺三花遠雨足因占二麥秋南望嶽峯蒼翠裏到時深恐白雲留

送崔後渠祭酒致仕歸安陽

盧龍山畔菊花明一片歸帆五兩輕風入暮林稀



靜葉月明江鴈帶離聲尊前舞袖娛親志袖裏封章報主情六館有人爭詣闕願從天子乞陽城

送丁考功秉憲之關中

鶯花如錦豸袍新建節西行及好春周禮職方分二陝漢都形勝說三秦天浮紫氣函關動雨洗青蓮華岳眞藻思還應有神助詩成先寄故鄉人

次韻留別諸友二首

舟子招招催渡開多情臨別更徘徊虛煩竹馬城邊候實泛星槎海上廻南郡秋風悲鼓角武昌明月見樓臺懷人莫厭書頻寄江口雲帆日往來

荆郢相望一水間早秋爲别仲秋還乾坤去住真如寄車馬馳驅不暫閑白帝城頭烽火急黄牛峽裏戰旗殷江陵舊是襟喉地蜀道東來第一關

留别貞菴

陰陰汀樹起秋烟冉冉溪花接暮天歸鳥獨衝淮甸雨離人新上汶陽船病餘藥物存芝术老去心情托簡編他日會傳招隱賦緘封應寫渡江年

留别東園

公子名園恰對城水亭宜雨更宜晴樓臺日倒池塘影絲竹風傳巷陌聲三月久忘玄酒味百年知負碧山盟白門朋舊紛如許後會應懷歷下生

送王灤江

向來青瑣陪雙入此日烏臺羡獨行三品峻階都執法十年知己老門生烟開灞岸春先到日照齊山雪正晴攀餞却愁心不醉郭門楊柳囀啼鶯

送黄伯固進萬壽表如京

鳳紀初開萬壽辰龍箋遥集九州臣同憐建業生還客猶是先朝死諫人天拱闕庭周道遠日臨旌旆漢儀新彤墀拜舞霑恩地已隔三廻黼座春

送蔣梅軒司徒致仕歸湘源

奕奕家聲遠近知士林誰不仰連枝三台八座同
升地綠野青山獨往時草制即煩親弟手賜環真
荷聖人私江湖廊廟俱傷別萬里秋風兩鬢絲

奉送少傅邃翁節制三秦

三十年來四入關土人迎拜想開顏風雷曉送蛟
龍雨藜藿春藏虎豹山已遣北門歸鎖鑰更從西
海弄潺湲寥寥蜀相千年後伊呂誰當伯仲間

送崔松溪司空考績北上

司空風節重南都一片清冰在玉壺天日同憐照
肝膽雪霜誰遣上頭顱身隨鷺侶朝雙闕夢逐鷗




夷到五湖聞說有書先乞老不知當宁肯從無

送趙主簿兼柬同年呂稽勲仲仁

梁溪渺渺錫山蒼南去天涯客路長霜下海門潮
漸落雨深江甸橘初黃城池舊識延陵郡風俗猶
傳泰伯鄉郤見吏曹憑寄語一年秋色負重陽

送郗御史謫温州

萬松深護理官衙嵐翠陰中閱歲華策馬暫拋臺
府印登樓常眺海門霞六朝秀句憐康樂四海名
山說永嘉落落曉星雲霧裏斗牛何日轉仙槎

白巖席上奉次于蕃侍御留別

朧月驪車爭苑東春風柳見帝城中自憐岐路經年别誰遣鶯花此會同白首心期終不忝清川離思浩難窮舊遊長憶松陵道水接長橋月滿空

送顧明府之聊城

上春行縣出東疇桑葉萋萋喚乳鳩道左壺漿迎父老雲中冠蓋識君侯魯連箭滅遺書在微子城荒故堞留攬轡可應空弔古土風先爲達宸旒

送柴少尹之無錫

北客南行路幾何宦情鄉思渺烟波舟中暮雪經吳苑江上春衣試越羅懷遠漫愁山閣逈課耕應愛水田多十年舊事悲重省休對青松賦女蘿



送都玄敬二首

秋江浩浩夕波寒秋岸離離木葉丹南北路岐頻駐馬古今懷抱幾憑闌平蕪日下黄雲合舊國人歸白鴈殘謝傅東山意無限别來誰與共盤桓

古驛征軺畫舫燈客途風景向秋澄幰邊涼月經淮甸枕上微鐘過廣陵草滿臺城山寂寂雨晴江寺塔層層十年舊跡空回首幾度追陪夢裏登

席上分韻送穆子

螢火依微等廣庭鐘聲杳靄度層城殊方客子三

黃冠日月胡雲黯碧血山河龍馭遥 此改本語

更語南國佳人萬里情夜雨𤍠樓中聞鴈別秋風江上看潮生兩都詞賦流傳美不似湘潭弔屈平

畢司空宅夜宴留别

楚江叢蒨百花明巫峽岧嶤萬里情用武空懷蜀丞相牧民那遣魯書生山過赤壁磯猶在路轉黃州水更清長憶春風別離地畫堂燈火夜三更

登鳳凰臺次太白韻呈同遊諸公

苑中芳草玉珂遊苑外白雲晴日流多病未能拋短杖有懷翻怯上高丘垂楊晚映秦淮水杜若春生謝朓洲靈鳥不來阿閣迥酒闌空抱古今愁



元世祖廟

斷碑深倚廟門斜往事傷心付一嗟春草平沙仍牧馬晚風疎樹偶栖鴉唐陵漢寢雖無主北幕南庭自有家欲弔魯連何處所飛塵如雨亂鳴蛙

謁文山祠

丞相英靈迥未消絳帷燈火颯寒飈乾坤浩蕩身難寄道路間關夢且遥花外子規燕市月水邊精衛浙江潮祠堂亦有西湖樹不遣南枝向北朝

（五六句果是絕唱三四不工遂爲白璧之瑕陳大樽改本云云亦未佳也）

宴鄭氏園亭

未須韋杜家家到一出城門便不同折簡敢爲難致客披襟先受不訾風中年畏病長辭酒他日重遊定作翁聞有袁家紫開遍尚餘春色繞芳叢

再至居庸

塞口重關愜素聞壑烟嵐雨日絪緼雄吞巨海山形斷秀壓中原地脉分鎖鑰還須寇丞相長城不用李將軍倚窓時送東南目雙闕蓬萊五色雲

蔣山

病起尋芳郭外遊漢人祠廟蔣山頭千盤鳥道緣雲轉五色龍江抱日流隔浦逈看帆窅窅步林時



聽鹿呦呦松仟積雨莎如鏃不有桃花宛是秋

登嶽次劉希尹韻二首

北上天門日未斜剛風吹我度谽谺仙人洞古留丹鼎玉女祠高拱碧霞深澗千年猶凍雪陰厓四月始桃花秦封漢禪俱牢落細讀穹碑感歲華

玉皇祠畔一凭闌絶頂風高夏亦寒北去塵沙通瀚海西來天地是長安青雲逈隔三千界白日平臨十八盤似有飛仙度幽壑鳳笙聲裊珮珊珊

次韻蒲汀

步屧名園灑且隨興高檞陌主人知繁花臨岸本

虛照叢竹倚巖風倒吹[illegible]慢不妨終日坐登拳如有隔年期春塘見說鱸魚美欲把長竿理釣絲

内黃道中

黃池岸邊風起沙江陵行客正思家即愁朱紱淹歸計況對青林感物華南郡永懷丞相栢東門誰種故侯瓜荒臺古苑經過地落日時聞奏鼓笳

宜城道中書事

路出荆門不斷山西通巴塞北秦關四方羣盜何時息五月征夫且未閑羊祜塚荒碑七尺武侯祠古屋三間蒼涼雲日江村午愁絕東流去不還



舟次聞轉官太僕述懷

遠傳新命下江臯初喜閑官領騎曹宸輦未由隨日馭客舟先免泝風濤山圍四塞城池古月出千峯紫翠高欲倣昔賢安吏隱醉翁亭上讀離騷

金陵春日懷孟有涯兼憶亡友大復子

往在東山賦索居竭來南國轉愁予風前玉樹時難見袖裏瑤華日漸疎京洛舊傳東野句茂陵新出長卿書交遊意氣關生死伐木歌殘恨有餘

初雪有懷

江南子月稀逢雪子月今年雪可書近借曉光分

客牖遠通春信到山居含沙細草纖纖出破臘頭梅宛宛舒邦憶海濱垂白叟幾時乘興訪吾廬

病起偶成

臥病秋殘筋力微步園初試越羅衣鏡中白髮羞空老江上青山笑未歸陽鳥又侵霜菊至陰霞常接斗城飛邊軍䟦扈朝臣死北望燕雲信轉稀

辛巳書事四首

居庸碣石控胡門玉几由來北極尊閣道逶迤經海岱天河隱見出崑崙斗閒遥識三階列日下從知九軌存奠鼎卜郟非浪事萬年珪鬯保文孫



泰陵松栢五雲高再見周康握赤刀南斗龍文占王氣中原馳道擁旌旄要荒不亂貽謀遠磐石相維締構牢弘治名臣天慭在元功應數舊蕭曹

龜食庚庚發啓光龍顔日角映扶桑九朝琬琰陳東序萬國山河履職方總道祥麟傳寶籙更看天泒渡銀潢軒虞落落鴻鈞轉矯首滄溟望八荒

漢水東流夢澤開雲蒸龍氣劃爭廻襄城七聖翔空下少室三花拂駕來河伯寶圖森地軸上公玉冊自中台千秋萬歲應思沛悵慕歌風擬築臺

晝寢

冶城山下水雲居落木微爲心晝寢餘多病一秋稀
出戶故交經月少來書琴聲自識鍾儀苦禮法同
憐阮籍疎且欲乘流問蓬島海門風浪近何如

病中

臥病荊南逢暮春水雲江日俱鮮新可憐楊柳色
已暗無奈流鶯聲太頻懷土仲宣空有賦傷時杜
老盡沾巾黃牛西接連天嶺烽火猶驚報虜塵

郡中書懷

自分銅虎出邦畿江漢蒼茫舊侶稀家慶久違三
釜養朝恩猶有十年衣劍南烽火頻傳箭河北干
戈未解圍恨殺仲宣樓太迥一回登望一思歸



和馬尚寶文明讀杜秋興有感之作

杜陵寂寞幾經時遺興空留卷裏詩早覺冰霜成
歲晚可憐松菊後秋衰秦城樓閣千年思蜀道烟
花萬里悲異代那知亦同感古臺寒日雨絲絲

歸寺

荒荒野逕蒼苔滑淺淺僧房白竹斜晝坐不知誰
是主暮歸聊以此爲家幾聲畫角吹山雨十里朱
門鎖苑花行止也知無定著寒雲枯木楚天涯

清涼寺

許日肩輿不到山重來猶聽鳥關關川原隱映斜
光外陵廟參差王氣閒風妥暮花侵座濕雨催春
竹過林斑白雲深處無雞犬轉覺僧家歲月閑

遊林慮山黃花寺

黃花谷臨千萬山招提更在萬山閒窓圍白石冬
逾靜門掩紅椒晝不關迎日岫烟生裊裊咽水巖
瀑下潺潺場苗可用維吾馬已判東峰上月還

雨後小飲

積雨偏能感四愁濁醪眞可散千憂自憐好客過
文舉敢望生兒似仲謀花塢靜看朱檻暮草堂閑
對碧山秋菴簡架底黃昏月且抱青芻學飯牛



寄劉南坦司空

美人東去忽經秋坐憶苕溪動別愁問信幾回湖
外舸看山何處水邊樓遥憐短鬢風塵化可耐長
江日夜流俯仰少年心萬里夢魂曾伴馬遷遊

暮春病起寄懷希尹

院靜簾垂春日斜藥爐茶鼎寄生涯閑思舊侶空
懷遠病對芳辰轉憶家簷畔落泥還燕子檻邊飛
絮且楊花何時却捲圖書去一放江門萬里槎

戶部尚書濟南邊　貢著
刑部尚書後學王士禛選

## 五言絕句

### 送劉約中之金陵

君到石城邊。應看石城樹。樹杪百尺臺。是儂行樂處。

### 送于利

露下夜已久。清軒調玉琴。凄涼湘水曲。窈窕白頭吟。



### 送馮侍御還郴

驄馬逝駸駸。蒼林蔭長陌。憐君楚雲外。獨作秋江客。

### 雜畫六首

北風吹大雪。向夕滿空山。遙見山中客。懸燈草閣閒。

田家春酒熟。野老日相過。醉別衡門外。山鶯啼綠蘿。

征夫暮前征。杳靄出幽林。欲渡溪橋去。山中暮雪深。

鳥啼青石岡日照紅泥坂杳杳雲外鐘山僧獨歸晚

上山行采薇下山行苦飢山風夕凛凛吹笠復吹衣

經旬不出戶忘却城南道江亭細雨過一夜生春草

### 題孫志同侍郎扇圖二首

青青山上松繚之以白雲雲山不可到圖畫只空聞

山木各有林烈士各有心借問種松意悠悠江漢深



### 畫

琴罷興不盡起登江上臺江空秋萬里不見一舟來

### 中秋

寒月出關山秋窓白如曙空流雲中影不照雲中戍

### 西園

朝看長白山暮看長白山山色有朝暮吾心常自閒

集江淹句

白日隱寒樹。層陰萬里生。歸人望煙火。歲晏返柴荊。

山中雜詩

園果垂丹實。園丁日夜看。未曾供寢廟。不敢獻中官。

無題

庭際何所有。有萱復有芋。自聞秋雨聲。不種芭蕉樹。

同熊侍御看花

借問雨中好何如晴後看錦江紅濕處應記獨憑闌



七言絕句

迎鑾曲八首和劉希尹

金陵今古帝王都碧石清江一畫圖五聖百年虛想像鑾輿曾到此間無

石頭城如銀虎盤金陵山似玉龍蟠休訝六軍停蹕久由來江左是長安

綠柳陰中顯柘黃路人爭說是君王只爲鷹鸇新供寢廟水邊終日打魚忙

自采民風問老農微行不遣近官從那知天子闕
天象到處雲成五色龍
青龍山下虎蹄新玄武湖中躍錦鱗錯意吾皇好
漁獵不知端訪後[illegible]人
弓如滿月向江開箭挿寒潮捲浪廻水上鼉鼉莫
深避我皇元爲射蛟來
潮落江門烟水秋雲帆八月過揚州兩京馳道三
千里夾岸垂楊接御溝
翩翩龍馬控瑚戈白日清秋沛上過聖主守邊思
猛士臨風高詠大風歌



凱歌

日射江流生紫氣喧喧鐃吹隔江聞江頭巨石高
千尺好勒元戎破虜勳

秋日過西内團殿

御溝東畔古松盤曾得先皇倚笑看龍馭不歸鑾
吹杳石廊圓殿鎮秋寒

雲中曲

萬歲聲歡四海聞大同新策破胡勳漢文可是勤
邊主按轡閑過細柳軍

感事

紫荆西望白雲山腰裏雲山指顧間好降綵綸促
諸將急操兵馬備三關

宮詞

佳麗曾矜得寵先後宮歌舞一當千那知寵極能
生妬不是青娥誤少年

次韻白巖甲申除夕

前山雲接後山烟可道公歸是偶然霖雨出山知
有日入山親紀甲申年

贈北山周子

宦接鄉山事已稀謫居猶得近王畿勸君今夜且
須飲明日出城風葉飛



贈楊撫軍

白馬香車度落花絳桃穠李避妍華長安陌上歸
來晚笑指龍樓是外家

五月六日柬孔倅

艾家河邊蒲葉長扁舟昨日過端陽荆南客路千
餘里回首銅臺亦故鄉

金陵逢方日升

燕市分携十七春白門相見白頭新鳳凰樓畔含
香侶江海飄零有幾人

題扇寄希尹壽春

淮南花雨送春還叢桂陰陰郡閣閑自是劉安有
仙骨謫居猶近八公山

次韻梧山中丞寄別東塘侍御三首

諫草書殘驛舍燈翠華銜雪恐難勝回軺莫向春
明路見説君王在白登

羽葢飄飄白日臨廻光應燭小臣心願同汲黯留
中闥更擬相如賦上林

閃閃龍旗樹五更煌煌芝火照層城當年奉引趨
蹡地曾聽鈞天廣樂聲

寄何仲默

梁王臺前春草生梁王臺上鳥嚶嚶美人遥在黄
金屋客子登臨空復情

贈長垣宗室

瑶室青編萬卷餘宮中誰道日閑居家臣昨日長
安去猶向君王乞秘書

重贈吳國寶

漢江明月照歸人萬里秋風一葉身休把客衣輕
浣濯此中猶有帝京塵

荅秦孟陽長史

塵滿紗帷舊業荒江都雲水暮蒼茫清時不用天人策方朔詼諧侍武皇

次白巖韻二首

驛裏燕臺白玉珂山亭山寺賞吟多相看已恨俱華髮更奈滄江遠別何

登臨隨處見題名想像當年載酒行山翠不遮牛首寺江流長抱石頭城

送顧侍御出守馬湖三首

露冕南征火井西東過瀘水北泥溪借問鄉愁何處切千山明月子規啼



五月瀘州蕉葉黃武侯祠下水如湯行人莫惡南中熱自有參天古栢長

漢家夷路止牂柯相望龍湖路幾何聞說夜郎天更遠潯陽李白亦經過

送潘伯振守漢中

石棧淩雲鳥路賒漢中城府枕三巴風林落葉猿聲滿那得行人不憶家

送蘇通判二首

去歲秋風別省闈木犀花落雨霏霏那知此日江陵郡春草連天送客歸

春風江閣喜同遊苦恨逢君不少留東去巴陵三百里幾時同上岳陽樓

送賈司訓二首

行李蕭條石逕荒賈生東去路茫茫盧龍不是長沙地莫把吾皇比漢皇

畢耳溪邊秋草深裂坡山北樹陰陰西風匹馬弔孤竹一曲商歌千古心

衛輝阻雨奉别彭幸菴太保二首

宦情時事劇秋雲話到傷心不忍聞别夢迢迢似明月漢關秦塞遠隨君



孤英破雪紅梅早細蔓牽風碧草長留取鬱林洲畔石歲寒相對倚冰霜

送吕二守西征

六月戎船上逆流書生彈鋏取封侯夜來羽檄江邊過聞説西戎破劍州

鹿門山

龐公舊隱鹿門山近在襄城漢水間石洞草荒無路入夕陽時見鳥飛還

習池

習家池上草萋萋流水成渠稻作畦山簡不來遊

答散居人猶唱白銅鞮

峴山

大樹蕭蕭白日寒羊公祠下獨凭欄尋常一種青山石長使行人灑淚看

大堤

大堤女兒花見羞大堤楊柳映青樓金壺滿注樊城酒醉殺狂夫不解愁

毛驃騎扇頭

玄菟城外草連天鴨綠江頭春可憐將軍飲馬臨江水東指扶桑在日邊



題家園風景圖

萬竹深深一逕斜草堂門巷接江沙主人遊宦不歸去時有白鷗來釣槎

題天鵝海青圖

雲暗胡天雪滿衣駕鵝聲亂海青飛李陵臺下陰山北正是單于夜打圍

題靖遠侯畫菊扇頭

百戰功高舊破戎侯門却似布衣窮傲霜枝葉凌雲幹畫裏分明國士風

教子發水亭次韻

臬霧流雲水閣寒浴鳧飛鷺滿江干風潮莫向愁
中聽雪竹還留醉裏看

觀城歌

睥睨連雲十二樓西南形勝數荊州已教峴首為
屏繞更遣巴江作帶流

題賈園

門巷沉沉草逕紆綠槐深護野人居鳥聲不斷日
亭午時有溪童來捕魚

湖上雜興

雲水地臨三憲節江湖天放一漁舟虛煩倚樹看



黃帽耐可乘槎漾碧流

昌平廢縣

層阿迥眺獨行行日落春山烟霧生山下荒城隱
叢薄路人云是古昌平

山行即事

陵署青青生午煙山渠瀧瀧響春泉白頭宮監松
林下閑說英皇北狩年

草場

牧馬場邊苜蓿香回龍官外樹蒼蒼當年駿骨今
何處曾被金鞍侍武皇

邊仲子詩序

華泉先生有二子伯曰翼仲曰習習字仲學讀書攻文能以詩世其家先生自給事中一麾出守兩視學政於晉於梁內陟卿寺歷官南京戶部尚書所至登臨山水購古書金石文字累數萬卷而家無中人之產身後至無以庇其子姓仲子貧困負薪以授徒取給饘粥今所存騷足軒詩一卷其七十時客孫氏作也故友徐隱君夜購得手藁重裝之予假其本將謀鋟梓未遑也而隱君以癸亥歲客死濟陽又十七年康熙庚辰予刻華泉集於京



師乃取徐本重閱錄其半附先生集後將以告亡友於地下而惜其不獲睹斯集之成也按弘治四傑惟何氏之後最大李氏次之徐氏有子伯虬稱詩吳中名載今兩瑤華而仲子以尚書之胄飢餓終其身殘編零軸幾飽鼠蠹閱百餘年始遇吾兩人者收拾護持於昆明灰劫之餘僅以是詹詹者爲楚相之寢丘也噫廉吏安可爲哉七月望日王士禛序

# 睡足軒詩選

歷城邊　習仲學著

新城徐　夜嵇菴　選

王士禛阮亭

## 觀海歌送周先生東遊

海客曾偕張白嶼山人相覯沈青門青門別去白嶼殁離恨悠悠空淚痕此後非無識荆者高山流水知音寡自分衰年難再逢誰謂先生出吳下先生能得古人心訪友東來滄海潯討臺重下南州榻湖上烟波多咏吟多咏吟恣遊賞眞如李郭同仙舫白雪樓中弔古人文昌閣内瞻遺像佛山青對華山青乘興揮毫天畔亭劃然長嘯驚山鬼醉指奎婁離客星岱岳峰頭眺吳會恍見江光若衣帶勝迹窮搜巖寺深追遊轉爲前人慨更觀溟渤陟蓬萊島嶼蒼茫蜃市開海童持節邀先路龍女吹笙薦玉杯塲苗豈得留嘉客輿盡翻愁返舟迫西風黃菊待東籬贈言應遍南歸冊老我叨遊田子方一言曾託寄君夠爲君再擬東遊賦好爲衰翁有報章

東徐運同華亭相國文貞公孫

曾是先朝宰相家使君今復振聲華鹽梅再試調元鼎日月行依汎海槎春入郡湖開載酒雪飛官閣書烹茶四知寒裔聞相恤病足還能欸孟嘉甞周楊公子峒之急故云

登白雪樓懷于鱗

濼源風景冠齊州更築詩豪白雪樓人擬古今雙學士天開圖畫兩瀛洲雲間黃鶴還飛去海上滄波欲倒流聚散存亡餘感慨轉憐花柳不知愁

夏日過鄭文老宅留酌論詩作

谷口山堂首夏時碧梧風靜晝簾垂主人最愛孤吟客病叟眞逢一字師薇省薦賢重折柬雪樓懷古共題詩交情世誼如公少怪得臨觴不忍辭

即事

曉起山翁興忽豪兒童遠致白葡萄因憐美實傎家釀更抹中山紫兔毫

四月入城訪二峰歸自京師

首夏忽過半湖城花盡開我從河外至君自日邊回白髮還重聚清樽且共陪淹留情話久蘿月照深杯

夏日入城訪耕陽不果

昔去春猶淺重來夏漸深卧龍懷舊侶歌鳳嘆知音蕉葉難題姓奚童自抱琴公卿如有問還可道予心

甘泉先生枉駕賦謝 因訊耕陽故末句云

元老文章海内宗省垣今始獲相逢昌言辱下司空拜長揖能爲直士容敢向暮年思附鳳秖緣高誼願登龍生平好問南陽客綠水青山一短笻

得酒

白魚初摘青絲網綠酒還傾碧玉壺爲喜東君知客意忍教不醉高陽徒



題睡足軒二首

野老年來無所欲日向南軒求睡足有時睡起不下牀援琴一操高山曲

小小幽軒遠塵俗自把軒名題睡足爲問就中何所因白雲不散南山綠

聞蟬

葉蟬鳴處一陰生薄雨輕雷妒午晴自是暮年傷久客不關時物感離情

題泉亭

孤亭千古枕泉流更築仙人白雪樓怪得佳名傳

海外風光元似鳳麟洲

夏日訪庄禪

老夫處遠村褱病却鞍馬再月方問僧攜童一之野新雨茂隹禾天風忽如灑荷鋤村口人競笑白頭者

述懷

才看曙色映窗虛早見陽光射草廬落落故人誰枉駕蕭蕭華髮厭頻梳閑情秖付無鋒筆老眼難窺細字書啼鳥數聲回午夢又看花影過庭除

采薇嫗



老嫗朝采薇言向野田中敝裳沾曉露短袂吹天風蓬蒿與堇荼盤餐聊取充緬懷茉莒詩相樂何融融

七月朔懷舊

草堂今日又新秋客裏驚心五載留門外遠山懷舊隱眼前時事觸深憂綠琴獨奏誰聽耳青鏡閑窺巳白頭寄語城中數知巳遲予同上謫仙樓

乞酒柬友人

君家有酒味初旨嗟我沽鄰囊久虛安得攜樽顧岑寂與君商榷九經書

東殿洗心舍人（乃翁文莊公子師也君廕官中書有南北遊稿）

先師間氣鍾山海稷下千秋此一看（歷下未有入相者入相自翁始）龍袞獨修明王闕鳳毛還向碧霄搏絲綸世業能相繼南北風光且縱觀賸有陽春如賈至杜陵衰病和應難

六月晦日過午亭留酌

雨過林臯夏且歸偶乘佳興出山扉深憐野色添禾黍況復朝涼透葛衣青眼故人能下榻白頭狂客久忘機論文一任簷花落不嗇人間是與非

立秋日雨懷友

此日爲秋令羈人亦自哀已驚梧葉報還逐雨聲來宋玉傷垂老江淹媿不才故人有佳興樽酒向誰開

雨止

訪舊歸來夕照中半天涼雨一溪風須臾雨盡浮雲歛笑看兒童指螮蝀

訪顏煉師歸途值雨

琳宮尋羽客相見惜多違數語不能别一節還獨歸野風欲落帽林雨忽沾衣入夜思難置夢隨黃鶴飛

早秋興眺

薄暑不成雨夕陽開晚晴雞鳴還應候蟬老欲吞聲白髮憐孤賞青藜罷野行柴門一翹首愁絶遠山横

輓李西涯相公二首

屏惡違同列謀身比衆奸可憐黃閣老翻乞寺人憐

亂紀纔中豎危邦且外兵不緣貪位者孰遣厲階生

懷嚴石谿

客邸蕭齋咫尺違那知客裏送將歸憐君去日繁霜鬢老我年來短褐衣無復雁鴻音問達但聞南北羽書飛于今物色勤明主未可終身守釣磯

偶成

老去惟躭酒年來更癖書頗能消歲月久已絶軒車懶慢應無似吟哦得自如優游潘騎省還可賦閒居

讀先尚書傳誌感李何二公三首

四傑名昭代何如泉上翁(先君自號)高風偕大復(何公引疾不仕先君終喪不無宦情)晚節偕空同(李公以寧藩之累罷官)項閣忠君疏文

作士功司徒惟積眷遺恨寢丘同

禮院方承遇黃扉疏已陳共憐忠鯁黜難免寺人嗔茂績微南楚丹心望北辰迎鑾多諷諫寧獨擅陽春

稷下論前輩先君業獨寒晉梁重作士禮樂五遷官抗志平生易詒謀後世難文清遺請謚千古付長嘆（先尚書以貧未請謚）

寄姪

流落天涯鮮自如每從孤坐嘆離居漫云片晷成三月始信千金抵一書蘭玉未酬恒念爾犬豚難誨迴愁子殘秋擬共東籬醉果否能旋黃犢車



雨中懷先壠

冢畔松堂古傾頹近若何昔承天子祭曾重省臣過隧道荒榛合桓碑積蘚多雨餘流潦集不是舊恩波

苦雨

灑灑空庭雨愀然動百憂暮年長苦夏多病不宜秋尚想南州榻難登沮曲樓杖藜閑倚壁安得訪林丘

秋日簡午亭

爲喜東鄰叟，青門學種瓜。隔春多貯酒，留客預烹茶。我愧知音者，君誠老作家。劇棋兼話舊，不負滿籬花。

秋日寄西源

乘興登泉閣，憂時却酒杯。屈原眞獨醒，漁父笑空回。老我慚騷客，知君有別才。如何分袂後，不見一書來。

雨中雜咏三首

病裏山翁自好眠，山薪雨浥不堪然。兒童莫把晨饔索，今歲秋來復禁烟。



秋雨山翁長獨醒，小窗風雨晚冥冥。深憐隔舍秋蟲好，故遣淸音不暫停。

緑葵窗外雨瀟瀟，秋色秋聲未寂寥。爲語兒童須好記，明年還擬種芭蕉。

秋日

早秋天氣半晴陰，漸聽籬邊蟋蟀吟。山雨過窗明忽暗，夕陽懸樹翠浮金。無懷未用憂華髮，乘興還能理素琴。但得故人頻送酒，何妨扣角和商音。

雨後飲酒

積雨山齋午亦涼，白頭吟客忽生狂。雖無杜老花

經眼且喜中山酒滿觴雞黍未登虛野饌文章不售只空囊興來且任兒曹勸一斗陶然入醉鄉

秋興寄人

小亭蕭索可憐秋殘雨隨雲意未休聞說南溪秋水至幾時同上釣魚舟

遣懷

貧時不易度閑日亦難消長寐忘飢渴殘書送寂寥衡門無剝啄行野任歌謠但取衰翁樂都忘暮復朝

思舊隱



林壑秋深柿葉丹白雲長護草堂寒園因留客收芋栗徑爲凝香種蕙蘭跨蹇尚違城郭近報詩寧遣會盟寒于今遠隔溪山外咫尺音書那得看

貰酒

東隣舊醞忽已盡西舍新醪初潑醅却喜細君知我意不教空遣一樽回

翌晨霧雨有感

朝雨尚濛濛林堂孰與同依栖山水外身世夢魂中虛擬秋來醉寧知黍復空屈原吾所似甘分笑漁翁

夜雨

山窗一夜雨忽送九秋寒多病憂時促孤衾付詠嘆不工門外瑟獨考澗中槃出處皆無似孰云天地寬

題挽暉閣此首見少微莊倡和

萬木陰陰草閣寒疎窗隱隱嵌青山箇中誰識幽人趣飛鳥無言自往還

夜雨

山窗一夜雨淙淙九秋寒[illegible]
冀不上門外踐斷苔澗中藥出處香無人蹤入天
此地遠

題拾得閣 此首見少 微詩咱和

萬木凋殘草閉寒疎窗隱隱映青山箇中誰識逍
入林飛鳥無言自往還

附巖石谿詩三首　如皐巖　怡德府教授

春夜同邊南洲飲張白嶼嘉猷閩人齋中賦

餔時飽脫粟無事吾欲眠老眼忌燈燭高閣書一編門有剝啄聲我意亦欣然念無田租負知非索公錢開戶視蒼蒼酒星方在天感玆南鄰叟相呼夜談玄張華信博物辯口黃河懸五經載腹笥坐有邊孝先展席就明月揮杯話當年飯牛不逢堯駿骨思售燕窮途哭猖狂解組懷昔賢飲醇不覺醉起舞庭花前丈夫重意氣書劍常周旋詎無風雲會遂爾溝壑捐



次韻南洲公子二首

湖水原幽勝今朝始一遊摳衣趨大雅折簡藉名流樓閣神仙近山川世界浮桃花應笑我醉倒木蘭舟

又

湖上有人晨見尋邀我共聽黃鸝音落花啼鳥苦無賴碧水丹山宜一吟鶴髮不知此身老漁竿偶觸當年心蒯緱久客愧吾黨把釣何日春江潯

後序

華泉子没三年矣予收其逸詩得若干首才三之一云憲使歷田張以寬氏將被諸梓天水胡公來撫東土見而歎之曰此吾詞林亡友也夫夫在敬皇時與北地李獻吉氏汝南何仲默氏齊聲藝苑謂我明前無詩人聽者初易其言久而將信且從之者衆矣嘻亦偉哉公因顧予曰吾子亦學夫詩也者爲詩不有的派耶讀詩不有妙悟耶説詩不有眞詮耶執此以求詩三子之詩是矣今李何之詩滿天下邊子者獨佚焉子索居無以藉吾且圖之乃郡守白下司馬魯瞻氏遂鋟梓以行華泉之詩得於是並何李傳矣嘉靖戊戌夏五月望日歷下劉天民序

# 《華泉先生集選》影印說明

鄉邦文獻作為人類社會珍貴的文化和知識遺產，在整個文獻資源中佔有特殊的地位。它是一個地區長期以來精神生活和物質生活創造的結晶，是一個地區寶貴的文化財富和文明的體現。歷史文化名城濟南猶如一顆璀璨的明珠，鑲嵌在黄河之濱，偎依在泰山之陰。她是一座擁有两千六百餘年建城史的歷史文化名城，是聞名世界的史前文化——龍山文化的發祥地，是一座擁有數千年輝煌歷史的文化富礦，鄉邦文化底蕴深厚，文化資源極為豐富。

濟南歷代名人輩出，這裏曾誕生過一大批歷史文化名人，誠如唐代詩人杜甫詩云「海右此亭古，濟南名士多」。衆多的濟南名士著書立説，留下了不朽的篇章，這些作品對了解濟南這座歷史文化名城具有不可磨滅的貢獻。明代「前後七子」蜚聲文壇，邊貢則為「前七子」之佼佼者。

邊貢（一四七六—一五三二），字庭實，因家居華泉附近，自號華泉子，歷城人。明代著名詩人、文學家。邊貢出身官僚世家，自幼受到傳統的儒學教育。弘治九年（一四九六），進士及第，年僅二十歲。少年登科，名動朝野。初授太常博士，擢兵科給事中。因忤劉瑾等當朝宦官，遷衛輝知府，後改荆州，歷任陝西、河南提學副使。以侍奉母親，辭職家居。嘉靖初，復起為南京太常少卿，拜戶部尚書。好交遊，悠閒無事則遊覽山水，後被都御史劾其縱酒廢職，被罷官歸。平生喜收書，有求古書癖。所蓄書萬卷，搜訪金石、古文甚多。與李夢陽、何景明、徐禎卿齊名，時稱「弘治四傑」。

清代學者王士禛曾說：「明詩莫盛於弘正，弘正之詩莫盛於四傑。」邊貢以詩著稱弘治、正德間，與李夢陽、何景明、徐禎卿並駕詩壇，而邊詩以富有文采為時人稱許。由此可見邊貢在明代詩壇上的地位。而從濟南文學史的角度著眼，邊貢的地位更為重要。明代「前後七子」的復古運動提倡「文必秦漢，詩必盛唐」，而邊詩的妙處正在於借鑒吸收唐詩在興象情韻方面的成就，善於運用生動鮮明的形象表達豐富悠長的意味。邊詩向以平淡和粹、沉穩流麗的風格為人稱道。而在各種詩歌形式中，又以五言詩成就最高。朱彝尊在《靜志居詩話》中說：「華泉諸體，不及三家，獨五言絕句擅場。昔宋吳江令張達明與客論詩，其言曰『詩莫難於絕句，尤莫難於五言。欲其章短而意長，辭約而理盡』，華泉庶足當之。」而陳子龍則稱邊貢詩「時見精詣，五言尤稱長」。

《華泉先生集選》四卷，邊貢著，王士禛選，清康熙間王氏初刻單行本。其《序》謂：「濟南詩派，大昌於華泉、滄溟二氏，而蓽路藍縷之功，又以邊氏為首庸。其比之曹植、謝靈運，雖不免誇飾，然於《李攀龍集》終置不論，而獨加意於貢集，其去取之間，亦有微意也。」邊貢次子邊習詩作《睡足軒詩選》一卷，附刊於卷後。

濟南市圖書館和濟南出版社為了保存稀有古籍的原貌，對《華泉先生集選》採用仿真影印的再造方式重印再版。既能將這一善本古籍化身千百，永無失傳之虞，又可廣泛傳播，便於披覽研讀，從而達到「繼絕存真，傳本揚學」的目的，解決了古籍善本藏與用的矛盾。

濟南市圖書館　濟南出版社

二〇一六年三月

**圖書在版編目 (CIP) 數據**

華泉先生集選 / （明）邊貢撰；（清）王士禛選 .
-- 濟南 ： 濟南出版社 , 2016. 3
ISBN 978-7-5488-2033-8

Ⅰ. ①華… Ⅱ. ①邊… ②王… Ⅲ. ①古典詩歌
—詩集—中國—明代 Ⅳ. ①I222. 748

中國版本圖書館 CIP 數據核字 (2016) 第 047927 號

# 華泉先生集選

〔明〕邊　貢／撰　〔清〕王士禛／選

責任編輯　戴梅海　范玉峰　林小溪
出版發行　濟南出版社
社　址　濟南市二環南路一號（二五〇〇〇二）
電　話　〇五三一／八六一三一七二六
成品尺寸　一八五乘二八〇毫米
印　刷　濟南黄氏印務有限公司
版　次　二〇一六年三月第一版
印　次　二〇一六年三月第一次印刷
書　號　ISBN 978-7-5488-2033-8
定　價　叁佰玖拾捌元

ISBN 978-7-5488-2033-8
9 787548 820338 >

